UNMASKED WRITINGS:
CONTACTLESS

HISTORIAS DESCONFINADAS:
MIRADAS-19

Preface/ Prefacio

As I write this at the library, mask on, glasses discarded after losing their battle with the steam, I cannot help but wonder: 'How often can we become conscious we are part of history? How often can we identify a present moment which humanity will remember forever?' The current Covid-19 pandemic is one of those historical milestones, one we get to witness from within. The pieces written by the writers and translators in this collection zoom in and out of our hearts and minds as we experience this unprecedented reality. What better means to express, to translate, to give an account of what we are going through than art? When later generations study this at school –which will probably be entirely virtual-, when historians and anthropologists try to explain what we went through, when any person in the future wonders what life was like 'back then', I am sure they will turn to films, plays, songs, poems, short stories, and any artistic expression for a full and true account of what it meant to live in the time of the 'the virus'.

The texts in this collection explore our feelings, thoughts and actions in a time of sporadic and yet eternal lockdowns. As the walls grow smaller, the voices begin to look into their inner selves and grab an anthropological magnifying glass to observe how reality has changed with the pandemic.

Plans to make the most of the new free time turn into a kind of frustration and guilt when all we do is stay in our bed or on the couch. A bitter-sweet tenderness arises as we realise we are to face our pain and loneliness accompanied only by someone on a screen. We come to value things, however small, that for a long time we had been taking for granted: a hug, a visible smile, holding hands, a drink at the pub, but also an appreciation of the world around us. As the skies clear, we cherish the various shades of green, endless cyclic sunsets, rows of roof tiles, a new possible route in our daily walk. Even furniture and rooms become protagonists as 'indoors' is now our only habitat. Meeting family or close friends out on the patio becomes subject to tough moral and ethical tests which we seem to be on the verge of failing every time as the invisible enemy may be sitting at the edge of a cracker or at a droplet travelling at the speed of a sneeze. To eat or not to eat, to meet or not to meet, to speak or not to speak, all underly new uncovered moral dilemmas raised by the virus. The unprecedented entails an ever-growing uncertainty visible in tongue-twistingly intricate political measures, uncertainty in relationships, in protocols, in personal plans, in memory, in language.

These talented writers have given way to dystopic, sketching, cathartic, self-referential, questioning, tender and poetic voices. Each of them a brush painting a vast canvas in which emotions and thoughts are restructured as a result of experiencing the 'new normality'; experiences with which the contemporary reader of this collection can easily identify.

Quienes se acerquen a este libro, encontrarán también las traducciones al español de cada uno de los textos originales, reflejos combados de las historias que germinaron en los teclados de los autores, regados de ausencias en los eternos meses de encierro de 2020. Como señalaba Umberto Eco, traducir es decir casi la misma cosa. Ese casi es, sin embargo, un término flexible, de largo aliento, que abraza múltiples enfoques y aproximaciones al texto de partida. Todas son bienvenidas en las traducciones de esta colección. Unas se pegan al original casi como una segunda piel que se funde con la anatomía del relato para latir a un mismo ritmo. Otras horadan el texto para insuflarle aires nuevos que lo revitalizan y lo desengranan, siquiera ligeramente, de los ejes sobre los que pivotaba la historia. Por último, algunas traducciones cartografían el texto fuente, lo deconstruyen, lo recomponen y nos descubren nuevas dimensiones que, en una parábola irónica y espléndida, nos acercan un poco más a la obra original y su sentido profundo.

Sea como fuere, la traducción tumba las barreras de la escritura monolingüe y da nuevas vidas al texto, permitiendo que circule libremente en espacios más amplios, mezclando dos lenguas para que ambas historias se nutran mutuamente en una simbiosis que las hace únicas en sus semejanzas. Traducir literatura es navegar una yuxtaposición constante de sustantivos: es esfuerzo y creatividad, ingenio y sistematismo, trabajo y pasión, libertad y contención.

Y también es arte; un arte que los traductores noveles que han participado en esta colección han demostrado inspirar y expirar a una edad muy temprana. Gracias a ellos y gracias a los autores, podemos hoy asomarnos a un abanico poliédrico de historias que, por separado, son un relato de la intimidad, de lo cotidiano, de la introspección, pero que, en su conjunto, trazan un mapa de la distancia, de la soledad, de los abrazos rotos y los lazos segados, pero también de la esperanza en tiempos de pandemia. Os invitamos pues a que abráis todas estas ventanas para mirar, no hacia fuera esta vez, sino hacia dentro: hacia esa uniformidad sentimental, esas identidades difuminadas y esas vidas en pausa que nos trajo lo impensable.

Antonela Pallini-Zemin,
project liaison coordinator, Norwich

Bruno Echauri Galván,
coordinador del proyecto, Alcalá de Henares

2021

Contents

After Noon
Andre Hughes   **10**

Atardece
Andre Hughes
translated by Aída López Milán   **16**

Contactless
Christopher Perry   **22**

Contactless
Christopher Perry
translated by Aída López Milán   **32**

After Noon
Andre Hughes

At the living room table
eating porridge at 12 o'clock,
my laptop open
pretending to do something.
A housemate shuffles past on the way to the shower
the other sits next to me,
types an endless page.

I go up to my room to find something
to drain off yet another day,
I pick up my guitar to play,
but gaze beyond the room
to the streets below.

                        Peering through the window
                            splits my eye in four.

Its waving for rain weather,
a green foreground, grey clouds behind
rows of slate roofs
and beech.
Where are
the variegated shades of greens and blues,
and reds that I was raised on?

I hear the door shut,
See them step out into drizzle

sharing an umbrella,
they hadn't told me they were *Going Out.*

I feel a draught
So shut each and every door in the house,
I go to the bathroom
making sure to lock the door behind me.

I discover that
there's no hot water
again.

Late afternoon, slumped on the sofa studying the remains of a spider congealed to the wall
      I'm interrupted.
                      I go to the front door,
A small package lies on the doorstep, the delivery man halfway to his van turns
  "Parcel" he says, pointing to my feet.
  I say "Thanks mate" to air.
  It's not for me.
  I take it indoors and leave it on the floor by the radiator; the white van pulls away revealing two people passing each other, neither with masks.
  I shut the door, go to the kitchen and wash my hands in the sink, counting for twenty lukewarm seconds.

"What have you been getting up to?" I'm obligated to ask when my mum skypes uninvited.

Laundry mostly. Waiting for cloth to come in to make more masks, it keeps her occupied; she tells me in a flat tone that she enjoys sewing.

She recalls a teacher who used to tell her off for poor sewing, then make her start all over again, letting the whole class know what a poor seamstress she was. I wonder whether this nastiness was an indirect put down of *her mother* who sewed for a living. She misses going on walks with me in the evenings; there is nothing stopping her going on her own, she said she should, says she will, her attention drifting towards the window. I report I am busy, very busy; how people here walk around as if nothing has changed. I tell her I must go, get back to work.

"*Hello*" my dad says walking past on his way to the kitchen. "Why don't you talk to your son? Have my seat."

We talk a little. Of the links he'd sent me to the US elections; of Covid complications in Spain, Germany, and Italy; of what *Président Macron* was doing, comparing it to what Boris was doing here. I had been busy of course. I'd skimmed through them, so I said they were *interesting*; told him about reading *Dead Souls*.

The screen made my parents look older, blurred their faces, they became as I remembered my grandparents: same eyes, same smiles.

                        Stricken, the window radiates
onto the living room table,
Blue-sky
Falls onto ornamental trees stubborn in their bays,
that prise the garden slates
                                     from the earth

Boiler pipe-smoke drifts
As afternoon
                        drags a jagged mark across the table
Fragrant peaches in the fruit bowl
Rosing blind noses.

Once the evening had passed
into a wooden knot,
I head out under
caramelised streetlights.

As I pass each house the front rooms open to me,
  a chubby guy, with little hair is gaming on a tv half the width of the room, shooting at black-clad figures in bombed-out houses, his back to me
  next door, two kids still in school sweatshirts hug their father just in from work, he smiles, slides into an armchair without removing his coat, puffs out his cheeks
  on the other side, a family curled up like cats on their set-

tee watch *A Life on Our Planet,* empty pizza boxes strewn on the carpet,
   harsh lighting in bedrooms along the way, advertise a rented property, no one chooses to put a bedroom in the downstairs front room,
   blue recycling and food waste bins have been put out along the street,
   the general waste goes out every other week,
   the hairdressers on the corner together with the school at the top of the road are shut, devoured of light.

Every building, every home a cell
in a strip of film,

moments
                                      after the sun has set
a silence
                                      touches my face

I am held at a junction
                                  Shall I carry on to the park
Or try another path?
On the verge
through heavy traffic

      I listen to birds and shadows of swaying beech branches

In this night bounded by

                                      sparkling efflorescence

I wait my turn

                                      breathe cold air.

André Hughes
Autumn 2020

Atardece
Andre Hughes
translated by Aída López Milán

En la mesa del salón
comiendo porridge a las 12,
mi portátil abierto
para pretender que avanzo.
Uno de mis compañeros de piso pasa
arrastrando los pies de camino a la ducha
otro se sienta a mi lado,
escribe una página interminable
el sonido del teclado se expande.

Subo a mi habitación,
otro día más
intento encontrar lo que sea para desahogarme,
cojo mi guitarra para tocar algo,
pero mi vista se enfoca
más allá de la habitación
hacia las calles de abajo.
Mi mirada se parte en cuatro
con el reflejo de la ventana

Se avista tiempo torrencial
un primer plano verde, nubes grises se perfilan
detrás de las hileras de tejas
y de las hayas.
¿Dónde se encuentran

aquellos tonos abigarrados de verdes, azules
y rojos con los que me crié?

Oigo cómo se cierra la puerta,
los veo salir a la llovizna
compartiendo un paraguas,
no me habían dicho que iban a S-alir.

Siento una corriente de aire
así que cierro todas y cada una
de las puertas de la casa,
voy al baño
y me aseguro de echar el pestillo
de la puerta a mis espaldas.

No hay agua caliente
una vez más.

Después de comer, abatida en el sofá mientras estudio los restos petrificados de una araña en la pared
   Me interrumpen.
                            Voy a la puerta.
Un pequeño paquete yace en la entrada. De camino a la furgoneta, el repartidor se gira.
  –¡Paquete! –dice, señalándome los pies.

—¡Gracias, amigo!—le digo al aire.

No es para mí.

Lo dejo dentro al lado del radiador; la furgoneta blanca se aleja y deja al descubierto a dos personas que se cruzan, ninguna de ellas lleva mascarilla.

Cierro la puerta, voy a la cocina y me lavo las manos en el fregadero durante v e i n t e tibios segundos.

—¿Qué has estado haciendo?— Me veo con la obligación de preguntarle a mi madre cuando me llama por Skype sin previo aviso.

Lavar la ropa, básicamente. Y esperar a que llegue la tela para hacer más mascarillas, eso la mantiene entretenida; me cuenta en un tono monótono que le gusta coser.

Recuerda a una profesora que le reñía por coser mal y la obligaba a empezar de cero, poniendo en evidencia sus pésimas dotes de costurera delante de toda la clase. Me pregunto si este rencor es un guiño indirecto a su madre, quien se ganaba la vida cosiendo. Echa de menos nuestros paseos por las tardes; no hay nada que le impida hacerlo sola, dice que debería, que lo hará; su atención se desvía hacia la ventana. Comento que estoy hasta arriba; que la gente aquí a menudo se da una vuelta como si nada hubiese cambiado. Le digo que la tengo que dejar, que tengo que ponerme de nuevo.

—Hola—, dice mi padre al pasar por detrás en dirección a la cocina. —¿Por qué no charlas con tu hijo? Toma, siéntate.—

Hablamos un rato. De los links que me había mandado por la mañana: sobre las elecciones de EE.UU.; sobre las complicaciones del COVID en España, Alemania e Italia; las medidas que el Président Macron estaba implementando, en comparación con lo que Boris estaba haciendo aquí. Yo había estado sin parar. Los había hojeado por encima, así que le dije que eran interesantes; le hablé sobre Almas muertas.

La pantalla envejecía a mis padres, difuminaba sus rostros, que se asemejaban a la imagen que recordaba de mis abuelos: los mismos ojos, las mismas sonrisas.

Tensa, la ventana irradia sobre la mesa del salón.
El cielo azul
se cierne sobre los árboles ornamentales acorralados en sus parcelas,
raíces que presionan el suelo de pizarra del jardín
desde la tierra

El humo de las tuberías de la caldera se desplaza
Mientras la tarde
      arrastra una marca irregular sobre la mesa
Fragantes melocotones en el frutero
desprenden un aroma ciego para el olfato.

Cuando la tarde se ha reducido
a un mero nudo de madera
salgo afuera, bajo
las acarameladas farolas.

Al pasar por cada casa, las salas de estar se revelan ante mí,
   un tipo regordete, con poco pelo, está jugando en una tele que ocupa más de la mitad de la sala, disparando a figuras vestidas de negro en un escenario de hogares bombardeados, le veo la espalda
   en la puerta de al lado, dos niños que todavía llevan la sudadera del colegio abrazan a su padre, acaba de llegar del trabajo, sonríe, se deja caer en el sillón con el abrigo aún puesto, resopla
   al otro lado, una familia acurrucada como gatos en el sofá ve Nuestro planeta, cajas de pizza vacías esparcidas por la alfombra
   una iluminación hostil por todos los dormitorios del camino, se anuncia una propiedad alquilada, nadie opta por poner un dormitorio en la parte de abajo, en la sala de estar,
   se han colocado contenedores de reciclaje, azules y para los restos orgánicos, en toda la calle
   el resto de basura se vacía cada dos semanas
   las peluquerías de la esquina y la escuela del final de la calle permanecen cerradas, devoradas por la luz.
   Cada edificio, cada hogar una diapositiva
   en un carrete cinematográfico

   momentos

                                      tras la puesta del sol
   un silencio

                                      me acaricia la cara

  una encrucijada me invade
                     ¿Debería llegar hasta el parque
O probar otra ruta?
En el borde de la acera
en medio del denso tráfico

 escucho los pájaros y el balanceo de las sombras de las hayas

 En esta noche delimitada
                     por el centellante florecimiento
espero mi turno
                     respiro el gélido aire

André Hughes
Autumn 2020

Contactless

Christopher Perry

Contents
1 We Are All Somewhere Else
2 Day 10, Day 15, Day 30
3 Top Heavy
4 Contactless
5 Purgatory

We Are All Somewhere Else

                I 've been here
    before
            but   just
                      passing
        through   for
                  parties
          or a break
but   this
            is different   living
    in   a   place
          where I   do not
  belong   there
       is   no
choice   it feels
              wrong
  sea   sky   land
  everything   just so
             beautiful
  yet how
    alone
  can   I   enjoy
      it?

CLP 04/12/2020

Day 10
The clear skies of the past five days have stimulated rapid growth of shoots; each twig and branch thick with green buds.

There are so many variations of green unfurling. We have more greens than words for green. Could the English learn from the Inuit with all their words for snow? England needs more words for green.

Day 15
Bard Hill is covered in hawthorn cloaked in white blossom. Did I miss snow fall? Halfway up the lane I hear the bees. Bumble bees are working at every bloom. Next to the tiny flowers the bees look bulky and clumsy. Sometimes they break off tiny white petals that float on the air, catch on cobwebs, fall to ground.

The woodland is a sea of humming. The tone rises and falls in slow waves as bees settle to drink nectar while others lift off.

Dusk thickens. I watch the deer grazing in young barley become shadows. I lose count of them in the fields edging the shore. A startled hare pelts towards the village. It kicks up a dust plume tracing the curve of the lane.

The rumour that a local man has succumbed to the coronavirus is confirmed. He is the first from the village. We do not have contact tracing.

Day 30
Sunset reveals the strength of the west wind. High in the deepening blue, pink fingers of cloud reach out to the coming

night. From beyond the horizon the Sun shoots up a single red flare; a crimson spotlight beaming into space.

In the arc of the heavens is the stark brilliance of Venus piercing a night still too light for others. For a few moments there is just the goddess of Love and Beauty who will return just as keen at dawn.

In awe I turn up Purdy Street. A bat flickers past from behind my shoulder. It twists a helix in flight catching midges and vanishes over the red-tiles of a flint cottage.

I meet no-one on my walk.

Top Heavy

In these moribund weeks I have watched

the Sun move from low to high setting

later each night when her light creeps

off to the deepest reaches of our un-boxed sky

filled with lark song and buzzard

cries from the fresh canopy

spread across sticky buds and blossom

coated twigs that become mainsails

caught full square in this

unreasonable storm that fractures

late spring; breaks the over-burdened

branches of sycamore, ash and oak

CLP 23/05/2020

Contactless

She worked two days a week
at our village store
this her only income
since her other job stopped

we rarely spoke
bar niceties and necessities
of my essential shopping

as the sign requested
I pressed out
cleansing gel at the door
entered rubbing my hands
another sleep-shorn
nightmare-riddled Lady Macbeth

today a Perspex screen
had been fixed along the counter
to deflect stray breaths

to   distance

us a little further

one more degree of   separation
in months of   distance

I put a loaf on the counter
but thinking it too far
away for her to scan
reached out
to move it closer

our hands bumped
like lambs jolted
on an electric fence

shocked

at her warmth
of touch

I walked home
close
to tears

CLP 01/12/2020

Purgatory

Neither of us could hear it
age having done what it does
so we were treated to a display
of silent flutters that reeled
around the dining room
loopy, hoopy, spinning the tracking of my eyes

My sister squealed, dropped her cutlery
leapt from her fish and chip supper
ran stooped, hands to head
and cowered in the gloom
as the dark wings flew wild circuits
close to the ceiling, around the hallway

The flapping silhouette banked left
after teasing that it might escape outside
then manically mirrored my locked down daze
in repeated circumnavigations
of the lounge, not stopping
when I switched on lights
nor when I spread my arms
to confuse its space

Next, it sought cover, disappearing
silently swallowed in a shadow
of draped velvet of the curtain
clung and curled up in the crease
hid itself in a soft fold of faded fabric
where rapidity of movement ceased

Then scooped into a bamboo basket
it held tight with minute black fingers
while I carried this leathery dolmades
in its makeshift cage
lidded by a copy of 'Nature's Home'
to the kitchen door and gave it up
to the night

My sister shaking
prayed for release
from our brick basket
and confessed

That was my soul
escaping

CLP June 2020

Contactless

Christopher Perry
translated by Aída López Milán

Contenidos
1 ¿Dónde nos encontramos?
2 Día 10, día 15, día 30
3 Tormento brumal
4 Contactless
5 Purgatorio

¿Dónde nos encontramos?

   Recuerdo haber estado aquí
  antes
    pero   tan solo
          de paso
   en fiestas
      o
  durante un descanso
mas ahora
       es diferente
   vivir en   un lugar
    al que   no
    pertenezco
   sin   elección
    no me
     cuadra
mar   cielo
tierra
    con tanta
   belleza
  pero aun así   cómo
      apreciarla
       al compás
  de   esta soledad

CLP 04/12/2020
Día 10
La claridad del cielo en los últimos cinco días ha acelerado el crecimiento de la vegetación; brotes vivos y verdes han aflorado en cada ramita y rama.

Se despliegan ante mis ojos tantas tonalidades de verde. Más de las que las propias palabras podrían capturar. ¿Podría acaso el inglés aprender de los Inuit y de todos sus términos para describir la nieve? Inglaterra necesita reflejar la rica variedad del verde en su lengua.

Día 15
Una manta blanca cubre Bard Hill. ¿Me he perdido cómo caía y se posaba la nieve? Escucho abejas a mitad de camino. Los abejorros trabajan sin cesar en cada una de las flores. Al lado de ellas, los insectos parecen voluminosos y torpes. A veces quiebran los diminutos pétalos blancos, que se esparcen en el aire hasta quedar atrapados en una telaraña y acabar después en el suelo.

El bosque es un sinfín de zumbidos. Su tono sube y baja con un ritmo pausado, mientras unas abejas se posan para beber néctar y, otras, comienzan su vuelo.

El atardecer muta a corpóreo y los ciervos, que pastan cebada joven, a sombras. Pierdo la cuenta de los ciervos en los prados que bordean la orilla. Una liebre asustada corre hacia el pueblo. A su paso levanta una nube de polvo que traza las curvas del camino.

Se confirma el rumor de que el Coronavirus le ha ganado la batalla a un autóctono. Es el primero al que le sucede aquí. No podemos rastrear su red de contactos.

Día 30
La puesta de sol plasma la fuerza del viento occidental. En lo más alto del azul intenso, los dedos rosados de las nubes se acercan trayendo consigo la noche que se avecina. Desde más allá del horizonte, el Sol dispara un destello rojizo; un foco de luz carmesí que ilumina el lugar.

En el arco de los cielos aparece el brillo descarnado de Venus atravesando una noche que aún se dibuja demasiado clara para el resto. La escena la protagoniza la diosa del Amor y la Belleza por unos instantes, quien al amanecer volverá con la misma intensidad.

Asombrado, subo por Purdy Street. Un murciélago pasa aleteando cerca de mi hombro. Al girar, atrapa con el ala unos cuantos mosquitos y se disipa entre las tejas rojizas de una casa de piedra.

No me encuentro con nadie durante el paseo.

Tormento brumal

En estas decadentes semanas he observado

al Sol posarse en lo más bajo y lo más alto

cómo cada noche su luz se arrastra

hasta lo más profundo de un cielo descomprimido

con ecos de cantos de alondra y lamentos

de águilas ratoneras

surgidos de las frondosas copas de los árboles

una capa que se extiende por

los delicados capullos por florecer y

las ramitas cubiertas de flores

destinadas a convertirse en velas mayores

atrapadas de lleno en esta

tempestad irracional que fractura

la primavera tardía; rompe las ramas sobrecargadas

ramas de sicomoro, fresno y roble

CLP 23/05/2020

Contactless

Trabajaba dos días a la semana
como dependienta en la tienda del pueblo
era su único ingreso
ya no tenía el otro puesto

apenas hablábamos
más allá de lo cordial y lo referente
a mi compra de
necesidades básicas

como el cartel indicaba
me eché
el gel hidroalcohólico situado en la puerta
entré frotándome las manos
despojado de mi sueño porque
ya iban infinitas ovejas contadas
y pesadillas encarnadas por Lady Macbeth

hoy han colocado en el mostrador
una pantalla de plástico
para desviar el flujo vagado
de nuestra respiración

    para   distanciarnos

un poquito más

un grado más de   separación

durante meses de   distancia

dejé la barra de pan en el mostrador
y al ver que estaba muy lejos
para que ella la escanease
se la acerqué

nuestras manos se chocaron
como torpes y aturdidos corderos
contra una valla eléctrica

en shock

por la calidez
de su tacto
volví a casa
al borde
de las lágrimas

CLP 01/12/2020

Purgatorio

Ninguno de los dos podía oírlo
a causa de los estragos de la edad
por lo que nos vimos inmersos en un despliegue
de revoloteos silenciosos que circulaban
alrededor del comedor
mi cuello rotaba y los iris rebotaban
en el límite de mis ojos

Mi hermana gritó, sus cubiertos se cayeron
brincó alejándose de su cena de fish and chips
corrió encorvada, con las manos en la cabeza
y se encogió en la penumbra
mientras las oscuras alas daban vueltas descontroladas
cerca del techo, por todo el pasillo

La silueta aleteante se inclinó hacia la izquierda
después de regodearse al mostrar que quizá escapase
retrató mi aturdimiento confinado
en reiteradas circunnavegaciones
por el salón, sin detener su movimiento
bajo el foco de las luces encendidas
ni siquiera cuando aspeaba los brazos
para perturbar su posesión del espacio

Fue entonces cuando se puso a cubierto, desapareció,
y en silencio quedó engullido en una sombra
aterciopelada de la cortina
se aferró y acurrucó en el pliegue
se escondió en la suavidad de la tela descolorida
donde sus veloces movimientos cesaron

En ese momento lo atrapé con una cesta de bambú
se sujetaba con sus diminutos dedos negros
mientras llevaba este **dolmades** de cuero
en su jaula improvisada
tapada por un ejemplar de **Nature's Home**
hasta llegar a la puerta de la cocina y entregarlo
a la noche

Temblando, mi hermana
rezaba por la liberación
de nuestra propia cesta de ladrillos
y confesó

—Esa era mi alma
escapando—

CLP junio 2020

UNMASKED WRITINGS:
CONTACTLESS

HISTORIAS DESCONFINADAS:
MIRADAS-19

First published by Egg Box Publishing, 2021
Part of the UEA Publishing Project Ltd. International © retained by individual authors. This book is sold subject to the condition that it shall not, by way of trade or otherwise, be lent, resold, hired out, stored in a retrieval system, or otherwise circulated without the publisher's prior consent in any form of binding or cover other than that in which it is published and without a similar condition including this condition being imposed on the subsequent purchaser.

ISBN: 978-1-913861-65-0
Printed and bound in the UK
Designed and typeset by Anna Brewster / annabrewster.co.uk

Project Coordinators
Bruno Echauri Galván—University of Alcalá
Maria Gómez Bedoya—University of East Anglia PPL
Silvia García Hernández—University of Alcalá
Lorena Silos Ribas—University of Alcalá
KR Moorhead—University of East Anglia LDC

Project Editor/Proofreader
Antonela Pallini Zemin

Editorial Assistants
Kieran Devlin & Martha Griffiths